EIN ABENTEUER VON TANGUY UND LAVERDURE

Entscheidung in der Wüste

TEXTE: JEAN-MICHEL CHARLIER
ZEICHNUNGEN: JIJE

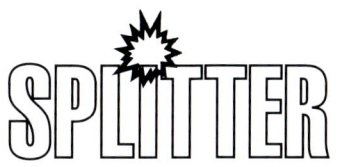

Erscheint im **SPLITTER**- Verlag GmbH © 1998
Karlsplatz 4
80335 München

Herausgeber: Hans Jürgen Janetzki
Übersetzung und Lettering: Manfred Merbaul

© 1970 „Une aventure de Tanguy et Laverdure,
tome 14: Baroud sur le desert"
Dargaud, Paris

Alle Rechte vorbehalten.
Nachdruck, auch auszugsweise, nur mit
ausdrücklicher Genehmigung des Verlages.

Von diesem Album ist auch eine limitierte
Ausgabe erhältlich.

Nr._____/500

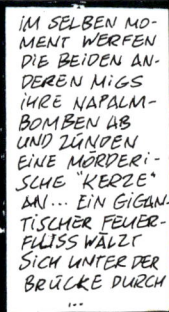

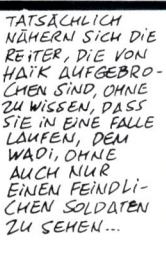

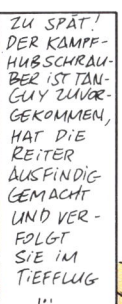

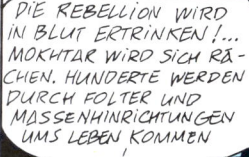

IM HANGAR HABEN TANGUY UND SEINE GEFÄHRTEN ALLE VORBEREITUNGEN GETROFFEN UND WERFEN DIE MOTOREN AN. WIE ERWARTET, WERDEN SIE VOM LÄRM DER ZWEIHUNDERT METER ENTFERNT STARTENDEN MIGS ÜBERTÖNT...

DIE STECKER RAUS... BREMSKLÖTZE WEG... TORE AUF... UND AUF DEN RÜCKSITZ DER III B!... UND DAS GANZE IN UNTER ZWEI MINUTEN!

METHODISCH UND IN WINDESEILE HAT AZRAF ALLES WIE ABGESPROCHEN ERLEDIGT...

EIN WUNDER! BIS JETZT HAT KEINER WAS MITGEKRIEGT!!! OOOOH!

DIE MIGS!?... SIE SIND UNSEREN MIRAGE IM WEG! BEI ALLAH!... JETZT IST ALLES AUS!!!

TATSÄCHLICH FAHREN DIE MIGS IM GÄNSEMARSCH AUF DIE PISTE ZU...

WENN ICH SIE NICHT STOPPE, KOMMT ES ZUR KOLLISION!

MOKHTARS FLUGZEUGE! VERDAMMT!... SIE SCHNEIDEN UNS DEN WEG AB!

WAGHALSIG WIRFT SICH DER PRINZ VOR DIE ERSTE MIG UND...

DIE REIFEN! ... DIE NAPALMKANISTER!

DAS MP-FEUER ZERREISST EINEN VORDERREIFEN DER VORDERSTEN MIG... EINE SALVE TRIFFT EINEN DER NAPALMKANISTER UNTER DEN TRAGFLÄCHEN...

BANG!!!

ICH... ICH HAB IHN!

MEIN GOTT! KEINE ZEIT ZU VERLIEREN! ICH MUSS SOFORT ZUR STARTBAHN... DEN ZUBRINGER KANN ICH VERGESSEN!

TRRAAAAAA

ABER... DER SCHIESST JA!... DER SPINNT DOCH! ... WAS SOLL D...!?..

EINE RIESIGE FLAMME VERSCHLINGT DIE MASCHINE! FLAMMENZUNGEN LECKEN ÜBER DEN ASPHALT UND BRINGEN IHN ZUM GLÜHEN ... LAVERDURES MIRAGE KOMMT GERADE NOCH DURCH ...

JETZT ROLLT TANGUY LOS ... AZRAF PACKT DIE LEITER ...

LOS! LOS! SONST VERSPERRT UNS DAS FEUER DEN WEG!! DEN REST SCHAFF ICH IM FAHREN!

TATSÄCHLICH ... DIE ROLLBAHN IST EIN FLAMMENMEER ...

!!!......

DIE ZWEI MIRAGE NUTZEN DIE PANIK UND DAS CHAOS, INDEM SIE IHR FAHRGESTELL AUFS SPIEL SETZEN UND QUERFELDEIN AUF DIE STARTBAHN ZUROLLEN ...

AZRAF! WAS SOLLTE DAS? SPINNST DU?!

SIE ODER WIR! ... SIE WÄREN SONST MIT UNS KOLLIDIERT!

AUF DER ROLLBAHN IST DIE HÖLLE LOS

MIT HILFE DER SCHEINWERFER WEICHEN DIE ZWEI MIRAGE DEM GESCHMOLZENEN ASPHALT AUS UND ERREICHEN DIE PISTE, WO SIE EINEN BLITZSTART HINLEGEN ...

WÄHRENDDESSEN NEHMEN DIE EREIGNISSE IN DER SCHLUCHT VON TANIT IHREN TRAGISCHEN VERLAUF ...

WAS IST LOS? WOZU SAMMELN SIE SICH? BRECHEN SIE AUF? ...

WIR GREIFEN KURYATT AN! DU BLEIBST MIT DEN KRANKEN UND VERWUNDETEN HIER!
ABER DAS IST WAHNSINN!
SO LAUTET AZRAFS BEFEHL! ER SORGT FÜR ABLENKUNG, INDEM ER DIE ANLAGE VON AKKAD IN BRAND SETZT!
W... WAS? ABER DIE FRANZOSEN HABEN SICH GEWEIGERT!
AZRAF HÄLT SEINEN SCHWUR!...
WIE!?... MEIN GOTT! WAS FÜHRT ER IM SCHILDE?! UND MICHEL AHNT NICHTS! ICH MUSS IHN WARNEN!
ALLAH BEHÜTE DICH! UND KEINE SORGE!... ICH HABE ÜBERALL DEN ROTEN HALBMOND ANBRINGEN LASSEN, SOGAR AUS DER LUFT DEUTLICH SICHTBAR! NUR SCHAKALE WÜRDEN VERWUNDETE ANGREIFEN!
MARJORIE HAT DEN AUFBRUCH DER REBELLEN ABGEWARTET...
UM DIESE ZEIT WOLLTEN MICHEL UND ERNEST IN DER LUFT SEIN! HOFFENTLICH ERREICHE ICH SIE!
WÄHRENDDESSEN LASSEN DIE MIRAGE DIE BRENNENDE BASIS HINTER SICH UND NEHMEN KURS AUF KUWAIT...
HIER NUMMER 2!.. BIG BANG HAT SICH SEINEN SPITZNAMEN VERDIENT! DIE HÄLFTE VON MOKHTARS MASCHINEN IST ZERSTÖRT!
DIR WIRD DAS LACHEN VERGEHEN, WENN WIR UNSERE ROLLE BEI DIESEM BLUTBAD ERKLÄREN MÜSSEN!
REGT EUCH AB! JEDENFALLS KANN UNS ZUR ZEIT KEINER JAGEN!
VON WEITEM ERTÖNT EINE SCHWACHE STIMME IN TANGUYS KOPFHÖRERN...
HALLO! HIER MARJORIE HART! MICHEL!... MICHEL! HÖREN SIE MICH? MICHEL!... BITTE KOMMEN!... HALLO!
MARJORIE!.. MARJORIE! HIER TANGUY! WIR HABEN'S GESCHAFFT!!!
MICHEL! GOTT SEI DANK!
ICH BIN BEUNRUHIGT!... AZRAFS MÄNNER HABEN DAS LAGER VERLASSEN, UM KURYATT ANZUGREIFEN! SEIEN SIE VORSICHTIG! AZRAF HAT SEINEN PLAN NICHT AUFGEGEBEN!...
AZRAF! WAS SOLL D... OH!

MARJORIE HAT RECHT, MICHEL! ENTSCHULDIGE MEINE VORGANGSWEISE, ABER DU HAST MIR KEINE WAHL GELASSEN! DIE ZUKUNFT MEINES LANDES STEHT AUF DEM SPIEL! NIMM KURS AUF AKKAD! UND ERNEST AUCH!
DU BIST VERRÜCKT! LASS DAS!
TANGUY
HALLO... MICHEL! BITTE KOMMEN!
MICHEL!... BITTE!... TU, WAS ICH SAGE!... MAN KANN DICH NICHT BELANGEN, DU HANDELST UNTER ZWANG!... ICH WERDE DICH ENTLASTEN!...
TROTZ UNSERER FREUNDSCHAFT UND ALLEM, WAS ICH DIR SCHULDE, SCHWÖRE ICH BEI ALLAH, ICH TÖTE DICH UND ÜBERNEHME DAS STEUER!
DU OPFERST DICH UMSONST! DU WEISST GENAU, DASS ICH AKKAD AUCH OHNE DICH ANGREIFEN KANN! NOTFALLS LASSE ICH DAS FLUGZEUG AUF DIE ÖLTANKS STÜRZEN!
IM GLEICHEN MOMENT WIRFT DIE ERSTE MIG ÜBER DER SCHLUCHT VON TANIT EINE SERIE VON LEUCHTBOMBEN AUF DAS VERLASSENE LAGER AB...
ZERO AN LEADER!... ZIEL BELEUCHTET! IHR SEID DRAN! HEE! DAS NEST SCHEINT LEER... UND... ICH SEHE EINEN GROSSEN ROTEN HALBMOND ZWISCHEN DEN ZELTEN!
38 A
LEADER AN ZERO!... DAS IST EINE LIST DIESER SCHAKALE! IN ANGRIFFSFORMATION UND VORWÄRTS!
ZUGLEICH...
HALLO, MICHEL ...WAS IST LOS? BITTE KOMMEN!
ALARM! FLUGZEUGE! SIE GREIFEN AN! ES IST HELL WIE BEI TAGESLICHT!...
IN DIESER SEKUNDE...
MICHEL!... MOKHTARS FLUGZEUGE! SIE GREIFEN AN, TROTZ DES ROTEN HALBMONDS! SIE SCHIESSEN! SIE SCHIESSEN!...
VAWWW
38 B

Panel 1:
MARJORIE!!! MARJORIE!!! HALLO!!!... BITTE KOMMEN!!!

Panel 2:
SIE SCHIESSEN...!!! AAAARGH...
TATATATATATA

Panel 3:
MARJORIE!!!... IN DECKUNG!!! SOFORT!!!

Panel 4:
IN DER SCHLUCHT VON TANIT NÄHERT SICH DIE TRAGÖDIE IHREM ENDE... DIE LETZTEN NAPALMBOMBEN SIND ABGEWORFEN... ES IST ALS HÄTTE EIN RIESIGER FLAMMENWERFER DAS LAGER BESTRICHEN... EIN FEUERMEER BRANDET GEGEN DIE FELSWÄNDE...

Panel 5:
M...MICHEL!...OH!..MICHEL! ICH BIN GETROFFEN!!! ES... ES I...IST EIN GEM...METZEL!!! ALLES BR...BRENNT!!! ICH... ICH... STERBE!... L...LEBWOHL!

Panel 6:
DANN HERRSCHT STILLE IN MICHELS KOPFHÖRERN... TOTENSTILLE...
MARJORIE!... MEIN GOTT! DIE HABEN SIE UMGEBRACHT!

Panel 7:
AH... DIESE SCHWEINE! DIESE NIEDERTRÄCHTIGEN SCHWEINE!!!...
MICHEL! ICH... BIN ERSCHÜTTERT! ES IST FURCHTBAR!...

Panel 8:
PACK DIE WAFFE WEG, BIG BANG!... DIE VERBRECHER, DIE DIESE MÖRDER LOSGESCHICKT HABEN, WERDEN DAFÜR BEZAHLEN! JETZT LEITE ICH DEN ANGRIFF AUF AKKAD!

UND SO...
HIER LEADER!... ERNEST, ICH MUSS MARJORIE RÄCHEN!... AZRAF UND ICH FLIEGEN NACH AKKAD! DU HÄLTST KURS AUF KUWAIT! WIEDERSEHEN UND VIEL GLÜCK!
HE!.. ICH HAB NOCH NIE EINE GELEGENHEIT VERPASST, MIST ZU BAUEN!...
ICH WARNE DICH! WIR HABEN DANN VIELLEICHT NICHT MEHR GENUG SPRIT, UM KUWAIT ZU ERREICHEN!
PF! DANN KRIECHEN WIR EBEN!
40 A
Nº 2 AN LEADER!... SEIT UNSERER FLUCHT SIND DIE VON DER RADARÜBERWACHUNG SICHER AUFGEWACHT! IN DIESER HÖHE SIND WIR PROBLEMLOS ZU ORTEN!
GENAU. ABER BEI DIESER DUNKELHEIT KÖNNEN WIR NICHT TIEFER GEHEN, SONST STOSSEN WIR NOCH GEGEN EIN HINDERNIS. ABLENKUNG KLAPPT AUCH NICHT! WIR FLIEGEN DIREKT NACH AKKAD...
IN KURYATT, WO DER BRAND WEITER TOBT, ÜBERNEHMEN ROSS UND MOKHTAR DIE KONTROLLE...
ICH HABE DEN SOLDATEN, DER IM HANGAR GEFESSELT WAR, VERHÖRT... ER HAT EINDEUTIG AZRAF UND DIE ZWEI FRANZOSEN ALS ANGREIFER IDENTIFIZIERT!
VERDAMMT!
SIE DÜRFEN NICHT ENTKOMMEN!
OPS
DIE DREI LETZTEN UNBESCHÄDIGTEN MASCHINEN STARTEN GERADE! SOBALD DIE MIRAGE LOKALISIERT SIND, WERDEN SIE ABGEFANGEN UND...
DA!.. WIR HABEN SIE!... OOH! BEI ALLAH, ES SIEHT SO AUS, ALS OB...
SIE HABEN IHREN KURS GEÄNDERT... SIE FLIEGEN NICHT MEHR ZUR GRENZE, SONDERN... NACH AKKAD!...
A... AKKAD?! BLOODY HELL!... SIE GREIFEN UNSERE ANLAGEN AN!
UNSERE MIGS KÖNNEN IHNEN IMMER NOCH DEN WEG ABSCHNEIDEN! LOS! GEBEN SIE ALARM!
KURYATT RADAR AN SEKTOR BLAU...
TARGET* NIMMT KURS AUF AKKAD! GEHT AUF 085 ZUM ABFANGEN!
LICHT ALLAHS! EIN FUNKSPRUCH VOM PALAST! DIE REBELLEN GREIFEN KURYATT AN!
NACHRICHT AUS DER HAUPTSTADT! DIE BEVÖLKERUNG REVOLTIERT!... DIE GARNISON IST IN EINER VERZWEIFELTEN LAGE!
W... WAS? UNMÖGLICH! ... DAS REBELLENLAGER IST VERNICHTET!
NA SICHER! DAS NEST WAR LEER! DAS WAR BLOSS EIN KÖDER!... UND WÄHREND IHRE MIGS UND IHRE TRUPPEN DORT GEBUNDEN WAREN, SIND DIE REBELLEN IN DIE UNGESCHÜTZTE HAUPTSTADT MARSCHIERT!
40 B

*) ZIEL

WÄHREND DIE DREI MIGS MIT VOLLGAS NACH AKKAD UNTERWEGS SIND....

HIER KURYATT RADAR! GEHEN SIE AUF NIVEAU* 3000, KURS 090... ZIEL AUF 30° LINKS AUF 45 SEEMEILEN.**

LIEFERN SICH ROSS UND MOKHTAR EINE HITZIGE DISKUSSION...

WENN MEINE HAUPTSTADT DEN REBELLEN IN DIE HÄNDE FÄLLT, REVOLTIERT DAS GANZE LAND! DIE MIGS SOLLEN UMKEHREN!

DAS VERBIETE ICH! WENN DIE MIRAGE AKKAD ZERSTÖREN, SIND WIR ALLE AM ENDE!

*, HÖHE ** 83 km

IM GLEICHEN MOMENT... LICHT ALLAHS! DIE FLUGZEUGE, DIE TANIT BOMBARDIERTEN, SIND ZURÜCK!... SIE LANDEN SOEBEN!

DAS IST ES, MOKHTAR!... SIE WERDEN SCHNELL MIT TREIBSTOFF UND NAPALM VERSEHEN UND KÜMMERN SICH UM DIE REBELLEN, DIE KURYATT ANGREIFEN.

MACHEN SIE SICH NICHT LUSTIG ÜBER MICH, ROSS! BIS DIE WIEDER STARTKLAR SIND, IST ES ZU SPÄT!

INZWISCHEN HAT DAS FEUER, DAS AZRAF UND DIE FRANZOSEN GELEGT HABEN, DIE TREIBSTOFF UND MUNITIONSLAGER ERREICHT!

ICH HABE DIR EINEN BEFEHL ERTEILT! GEHORCHE!

DOCH DA... WENN DU VERSUCHST, DIESEN BEFEHL DURCHZUGEBEN, BIST DU TOT! KEINER RÜHRT SICH! TUT MIR LEID, DASS ICH ZU SOLCHEN MITTELN GREIFEN MUSS, ABER ES IST IN UNSER ALLER INTERESSE!

HUND! DU WAGST ES!

INZWISCHEN NÄHERN SICH DIE MIGS MIT AKTIVIERTEM BORDRADAR AKKAD...

LEADER BLAU AN KURYATT RADAR! ZIEL GEORTET! JUDY!*

* LEITEN ABFANGMANÖVER EIN

TATSÄCHLICH IM SELBEN MOMENT...

DA VORNE! AKKAD!

MICHEL! AUF 11 UHR! DREI LICHTER MIT HÖCHSTGESCHWINDIGKEIT!... SIEHT AUS, ALS OB...

DÜ... DÜSEN MIT AKTIVIERTER P.C.*!!! MICHEL! ALARM!!! ABFANGJÄGER AUF 11 UHR!

* POST-COMBUSTION (NACHBRENNER)

HIER LEADER! SEHE SIE! WOLLEN UNS DEN WEG ABSCHNEIDEN! ERNEST! ICH GEHE AUF SIE LOS UND LENKE SIE AUF MICH! VERZIEH DICH UND SCHNAPP SIE DIR VON HINTEN!
MICHEL! DU SPINNST... DREI GEGEN EINEN!!
NICHT, WENN ICH IM TIEFFLUG ÜBER DER ANLAGE BIN! MACH SCHON, VERDAMMT!
ICH BIN IM DUNKEL HINTER IHNEN VERSCHWUNDEN, EHE SIE REAGIEREN KÖNNEN!
WAGEMUTIG TAUCHT TANGUY BUCHSTÄBLICH VOR DER NASE DER FEINDLICHEN JÄGER AB, WÄHREND LAVERDURE EINEN HAKEN NACH LINKS OBEN SCHLÄGT UND SOFORT VOM RADAR DER MIGs VERSCHWINDET, DER NUR EINEN WINKEL VON 120° NACH VORNE ERFASST...
42A
WIE TANGUY ERHOFFTE, LASSEN DIE DREI LAVERDURE LINKS LIEGEN UND HÄNGEN SICH AN IHN. ER VERBIRGT SICH IM DUNKEL... ÜBER AKKAD TOBT EINE WAHNWITZIGE VERFOLGUNGSJAGD...
KEINE CHANCE, DIE BLUTSAUGER ABZUHÄNGEN!...
SIE GEBEN NICHT AUF! SIE WISSEN, ICH BIN AN BORD! BEI ALLAH! WORAUF WARTET ERNEST?
INDESSEN VOLLFÜHRT LAVERDURE EINE RELATIV FEHLERFREIE KURVE UND BEFINDET SICH HINTER UND ETWAS ÜBER DEN MIGs...
UAON
AUS NÄCHSTER NÄHE VISIERT ER SEINE BEUTE AN, DIE DEN UNSICHTBAREN FEIND NICHT BEMERKT ... UND DANN...
HAB IHN!
42B

DER MANÖVRIERUNFÄHIGE LEADER STEHT IN HELLEN FLAMMEN UND GERÄT PLÖTZLICH IN DIE FLUGBAHN SEINES KAMERADEN, DER VERZWEIFELT VERSUCHT, IN LETZTER SEKUNDE DIE KOLLISION ZU VERMEIDEN...

CRASH

ABER...

EIN WAHRES BOMBARDEMENT AUS GLÜHENDEN METALLTRÜMMERN UND RAKETEN GEHT AUF DIE GEWALTIGEN TREIBSTOFFTANKS VON AKKAD NIEDER, WO ERST SEIT ZWEI MINUTEN DIE ALARMSIRENEN HEULEN...

WOUOUOUOUOUOU

RIESIGE FLAMMENZUNGEN LODERN EMPOR! EINE GEWALTIGE EXPLOSION ERSCHÜTTERT DEN BODEN, GEFOLGT VON EINEM FEUERWERK WEITERER DETONATIONEN! DIE TANKS BERSTEN UNTER DEM DRUCK UND SPEISEN DIE FLAMMEN MIT MILLIONEN LITERN FLUGZEUGTREIBSTOFF!

BALD IST DER KOMPLEX VON AKKAD EIN EINZIGES FLAMMENMEER, EIN SCHMELZOFEN, DER DEN HIMMEL DUTZENDE KILOMETER IM UMKREIS ERLEUCHTET... ENTSETZT GIBT DER PILOT DER LETZTEN MIG AUF UND FLIEHT NACH KURYATT, WÄHREND SICH LAVERDURE ÜBER TANGUY UND AZRAF „SAMMELT", DIE EIN LETZTES MAL ÜBER DAS INFERNO HINWEGFLIEGEN...
ENTSETZLICH! ICH WERDE MIR MEINE MITSCHULD AN DIESER HÖLLE NIE VERZEIHEN!
HIER AZRAF! ERNEST!... DIESE HÖLLE IST DER PREIS DER FREIHEIT EINES GANZEN VOLKES! DIE MIDDLE EAST PETROLEUM WIRD SICH VON DIESER KATASTROPHE NIE ERHOLEN!
WIR AUCH NICHT! MÜSSEN BALD AUSSTEIGEN! HABEN NICHT MEHR GENUG SPRIT, UM KUWAIT ZU ERREICHEN!
ABER GENUG FÜR KURYATT! UM DIESE ZEIT MÜSSTEN MEINE LEUTE DIE STADT SCHON IN DER HAND HABEN! SIE WERDEN UNS EMPFANGEN!
DANGER
IM GLEICHEN AUGENBLICK JAGT IM H.Q. VON KURYATT EINE SCHLECHTE NACHRICHT DIE ANDERE...
MR. ROSS!... BESTÄTIGUNG UNSERER MIG! KEINE CHANCE, AKKAD ZU LÖSCHEN! HIER HERRSCHT PANIK! DAS PERSONAL FLIEHT IN DIE WÜSTE!
HABE EBEN EINEN FUNKSPRUCH AUFGEFANGEN! DIE REBELLEN RUFEN AZRAFS MASCHINE! SIE HABEN KURYATT EINGENOMMEN UND SIND AUF DEM WEG HIERHER!
DAMNED! A... ALLES VERLOREN!
DEINE SCHULD, DRECKIGES YANKEE-SCHWEIN! ICH...
ALARM! DIE REBELLENREITEREI IST AUF DEM GELÄNDE! ALLE UNSERE LEUTE WAREN MIT LÖSCHARBEITEN BESCHÄFTIGT!
LICHT ALLAHS! SIE WURDEN ÜBERRUMPELT! GEGENWEHR IST ZWECKLOS!
WIR MÜSSEN KAPITULIEREN! SONST GIBT ES EIN MASSAKER!
ICH FÜRCHTE, DIESE FEIGLINGE HABEN RECHT, MOKHTAR! IHRE LETZTEN TRUPPEN WERDEN DIE SEITEN WECHSELN! ICH VERZIEHE MICH! DAS SOLLTEN SIE AUCH TUN!... BYE!

ROSS' ZYNISMUS VERSETZT MOKHTAR IN HELLE WUT ...
DRECKIGE ASSEL!
ALLES DEINE SCHULD DAS WIRST DU BÜSSEN!
LASS LOS! ZURÜCK! ZURÜCK, MOKHTAR, ODER ICH SCHIESSE!
TATA TATATA
ICH ... ICH HATTE IHN GEWARNT! ... KEINE BEWEGUNG! ...
... SONST! ...
DA OBEN! EIN BEWAFFNETER! FEUER!
45A
EINE KURZE SALVE UND ...
TACA TAC TATA TA
MIT DEN LETZTEN TROPFEN SPRIT KOMMEN DIE BEIDEN MIRAGE IN SICHTWEITE VON KURYATT ...
DA IST DIE BASIS UND DORT DEINE HAUPTSTADT, AZRAF! WIR MÜSSEN SEHEN, WO WIR AM RISIKOLOSESTEN AUSSTEIGEN KÖNNEN!
WO MEINST DU, SIND DEINE PARTISANEN?
MICHEL! ERNEST! RUHE, VERDAMMT! KURYATT AIRPORT AUF UNSERER FREQUENZ!
?!!? IST JA ARABISCH!
MICHEL! DAS IST SALEM, MEIN LEUTNANT! ... ER RUFT UNS VOM TOWER! SEINE MÄNNER KONTROLLIEREN DIE BASIS! WIR KÖNNEN LANDEN!
IST DAS KEINE FALLE? BIST DU SICHER?
ABSOLUT! ICH HABE EIN ERKENNUNGSZEICHEN VERWENDET!
UND WENIGE AUGENBLICKE SPÄTER LANDEN DIE ZWEI MIRAGE UNTER FRENETISCHEM APPLAUS DER SIEGREICHEN REBELLEN AUF DER ROLLBAHN, DIE NOCH IMMER VON DEN LETZTEN FLAMMEN BELEUCHTET IST ...
LAVERDURE
DANGER
EJECTABLE
Mirage
45B

UND AM NÄCHSTEN MORGEN IM PALAST SEINER AHNEN, IN DEN AZRAF IM TRIUMPH EINZOG...

FREUNDE, WIE KANN ICH EUCH DAS ALLES JE VERGELTEN? DIE TRUPPEN, DIE MOKHTAR GEGEN TANIT SANDTE, BITTEN UM AMAN*... DIE ARABISCHE LEGION HAT MIR GEFOLGSCHAFT GESCHWOREN!

UND DIE MIDDLE EAST PETROLEUM?

SO IN PANIK, ALLES ZU VERLIEREN, DASS SIE BEREIT IST, ALLE MEINE BEDINGUNGEN ZU AKZEPTIEREN!

DANK EUCH HABE ICH MEINEN THRON WIEDER, UND MEINE SORGEN HABEN EIN ENDE!

UNSERE FANGEN ERST AN!

*BEGNADIGUNG

ICH HABE DIJON ANGEFUNKT! EIN ECHTER KNALLER! DER OBERST IST FAST IN OHNMACHT GEFALLEN, ALS ER HÖRTE, DASS WIR LEBEN UND HIER SIND. OFFIZIELL WAREN WIR

FÜR UMGEKOMMEN ERKLÄRT, VOR ZEHN TAGEN IN DER SYRISCHEN WÜSTE! WIR MÜSSEN UNSER SCHWEIGEN, UNSERE ROLLE HIER... DEN ANGRIFF AUF AKKAD ERKLÄREN! WIR HABEN UNSERE BEFUGNISSE ÜBERSCHRITTEN!

SIE KÖNNTEN UNS DEGRADIEREN, DAS STEHT FEST...

UNSINN! ICH ALS ABSOLUTER SOUVERÄN VON SARRAKAT WERDE EUCH PERSÖNLICH VOR EUREN VORGESETZTEN RECHTFERTIGEN!... UND WENN IHR KEINEN ORDEN KRIEGT, FRESSE ICH MEINE DJELLABA!

UND DER BRAND VON AKKAD?

EIN TRAGISCHER UNFALL, AUSGELÖST DURCH DIE KOLLISION ZWEIER MEINER MILITÄRJETS! IST DOCH FAST DIE WAHRHEIT! UND DIE MIDDLE EAST PETROLEUM WIRD ES NICHT WAGEN ZU DEMENTIEREN! DIE MUSS SELBST ZU VIEL UNTER DEN TEPPICH KEHREN!

DU RETTEST UNSERE KARRIERE, BIG BANG! DANKE!

EURE MIRAGE SIND IN WENIGEN TAGEN BEREIT... DANN SIND SIE ÜBERHOLT UND TRAGEN WIEDER DIE FRANZÖSISCHEN FARBEN!

DANN KÖNNEN WIR NOCH EINE LETZTE SCHULD BEGLEICHEN...

...UNS VON JEMANDEM VERABSCHIEDEN... IM TAL VON TANIT!

UND ANDERNTAGS...

MARJORIE HART

ZWEI TAGE SPÄTER GIBT ES EINEN WEITEREN ABSCHIED, DIESMAL FRÖHLICH UND BRÜDERLICH, VON EX-LEUTNANT "BIG BANG", DER SICH IN EINEN PRINZEN AUS 1001 NACHT VERWANDELT HAT... SIE NEHMEN KURS AUF DIJON, WO SCHON EIN LOBENDER BERICHT VON AZRAF EINGETROFFEN IST... UND WO EIN NEUES ABENTEUER WARTET...

SO STILL, ERNEST? WOVON TRÄUMST DU? VON HURIS?*

NEIN! VON EINEM FETTEN SCHWEINESCHNITZEL MIT POMMES UND EINEM MEER VON BEAUJOLAIS!

ENDE

*) WEIBLICHE ENGEL IN ALLAHS PARADIES